EN VACANCES AU RANCH

BIOGRAPHIE

Bonnie Bryant est née et a grandi à New York, où elle vit toujours aujourd'hui et ses deux enfants. Elle est l'auteur de nombreux romans pour la jeunesse mais aussi de novélisation de scénarios de films comme *Chérie, j'ai rétréci les gosses*. La série Grand Galop est née de la passion de Bonnie Bryant pour les chevaux. Cavalière expérimentée, elle dit néanmoins que les héroïnes du Grand Galop, Lisa, Steph et Carole, sont de bien meilleures cavalières.

Avis aux lecteurs

Vous êtes nombreux à nous écrire
et nous vous en remercions.
Pour être sûrs que votre courrier arrive,
adressez votre correspondance à:

Bayard Éditions Jeunesse
Série Grand Galop
3/5, rue Bayard
75008 Paris

EN VACANCES AU RANCH

BONNIE BRYANT

TRADUIT DE L'AMÉRICAIN
PAR TATIANA TOLSTOÏ

NEUVIÈME ÉDITION

BAYARD JEUNESSE

Pour Susan Korman

Titre Original
SADDLE CLUB n° 29
Ranch Hands

Loi n°49-956 du 16 juillet 1949
sur les publications destinées à la jeunesse
Dépôt légal février 2001

ISBN : 2 747 003 17 5

Avertissement

Que tu montes déjà à cheval ou que tu en rêves,
que tu aimes le saut d'obstacle, la randonnée
ou la vie des écuries,
la série **Grand Galop** est pour toi.
Viens partager avec Carole, Steph et Lisa,
les secrets de leur centre équestre préféré.

Le Club du Grand Galop

Carole, Steph et Lisa
sont les meilleures amies du monde.
Elles partagent le même amour des chevaux
et pratiquent leur sport favori au centre équestre
du Pin creux. C'est presque leur unique sujet
de conversation. À tel point qu'elles ont créé
en secret le Club du Grand Galop.
Deux règles à respecter pour en faire partie :
être fou d'équitation
et s'entraider coûte que coûte.

1

– J'ai une surprise, dit Carole Hanson à Lisa Atwood.

– Au secours ! Les surprises, c'est l'hor-reur, gémit Lisa.

– Je croyais que tu aimais ça ?

Les deux filles se rendaient à pied aux écuries du Pin creux, leur endroit préféré, pour y fêter la sortie des classes avec leur amie Stéphanie Lake.

– C'est à cause de mes parents, expliqua Lisa.

Ils sont en train de manigancer un truc. Ça va être terrible, je le sens. Alors, tu comprends, les surprises…
– Peut-être, mais la mienne, tu vas adorer, je te le promets.
– C'est qu'il s'agit d'équitation alors, devina Lisa.
– Peut-être, fit Carole avec un sourire en coin. Mais attends que Steph soit là.
Carole faisait bien des mystères ! D'habitude, c'était Steph, la spécialiste des secrets en tout genre… surtout pour les dévoiler !
– À partir d'aujourd'hui, je vais monter tous les jours, déclara Carole.
– Pour ça, l'été, c'est génial ! approuva Lisa.
Max, le propriétaire du Pin creux, savait les trois filles excellentes cavalières, aussi les laissait-il faire du cheval en dehors des cours.
Carole, une adolescente de douze ans, brune aux yeux marron, avait la chance de posséder sa propre monture, Diablo.
– Si je m'exerce tous les jours, j'aurai un bon niveau à la rentrée, poursuivit Lisa. Je vais travailler le saut d'obstacles.

– Il ne suffit pas de monter les chevaux, rappela Carole.
– Je sais, il faut les panser, les nourrir, les soigner. Mais j'adore. Tu vois ce que je veux dire ?
– Oh oui, fit Carole d'un ton convaincu.
Tout en marchant, elles continuèrent à évoquer leurs activités au Pin creux.
Steph les attendait devant l'écurie, ses yeux verts pétillant de malice :
– Allez, les filles, dit-elle. Il n'y a pas une minute à perdre. Nous avons exactement deux mois et huit jours avant la rentrée des classes. Ça fait soixante-huit jours de cheval – ou soixante-neuf ? Attendez, il y a trente jours en juin, alors...
– Bon, coupa Lisa, interrompant les calculs de Steph, on va se promener !
Et elle se dirigea vers le vestiaire.
– On y va ! dit Steph en lui emboîtant le pas.
De toute façon, elle n'arrivait jamais à se souvenir quel mois comptait trente jours !
– Hé, pas si vite, dit Carole. J'ai une super nouvelle à vous annoncer.

– Ah oui ?
– Je vous dirai tout ça au vestiaire. Ce n'est pas pratique de lire une lettre en marchant !
L'intérêt de Steph s'éveilla aussitôt :
– Une lettre ? Une lettre de Kate ? demanda-t-elle.
Carole approuva d'un mouvement de tête :
– Tu as deviné ! Dépêchez-vous, allons nous asseoir !
Kate Devine était une amie du trio. Les filles avaient fait sa connaissance du temps où le père de celle-ci était officier aux côtés de celui de Carole. Quand Franck Devine avait pris sa retraite, il avait acheté un ranch-hôtel dans l'Ouest américain. Les filles s'y étaient déjà rendues, et, à l'école des cow-boys, elles avaient découvert une autre façon de monter à cheval.
Kate était très bonne cavalière. Elle avait été championne junior. Mais quand elle s'était aperçue que ce qui comptait pour son entourage était sa victoire et rien de plus, elle avait abandonné les concours. C'était grâce au Club du Grand Galop qu'elle avait pu reprendre

l'équitation et ça, elle ne l'avait jamais oublié. À présent, elle passait son temps à cheval sans participer à la moindre compétition.
Carole s'assit sur un banc, ouvrit la lettre et commença sa lecture à voix haute. Lisa et Steph, qui s'étaient mises à enfiler leurs bottes, finirent par s'asseoir elles aussi pour mieux écouter. D'abord, Kate leur annonçait qu'Éli Greberg, le fils d'un grand ami de son père, venait d'épouser une fille charmante, une certaine Jeannie.
– Super ! s'écria Steph. Mais pourquoi elle nous raconte ça ?
– Attends, dit Lisa. Ça a sûrement un rapport avec les chevaux, donc avec le Club du Grand Galop !
– Bon, râla Carole, je peux continuer ?

« Éli et Jeannie, écrivait Kate, ont loué un ranch dans l'Ouest des États-Unis pour l'été et ils ont décidé d'organiser un stage d'équitation pour de jeunes enfants. La semaine dernière, Éli a téléphoné à papa pour lui demander s'il connaissait de bons moniteurs d'équitation qui pourraient encadrer les enfants. En réalité, il pensait à moi et à vous trois. Alors ? Qu'en dites-vous ? Ce stage dure trois semaines. Nous aurons beaucoup de travail parce que ce n'est pas seulement un ranch, il y a aussi une ferme et nous vivrons de ses produits. En ce qui me concerne, papa a dit oui. Si vous êtes d'accord, on vient vous chercher en avion et on vous emmène ! Répondez vite ! »

– Ça alors ! fit Steph, le souffle coupé.
– Pour moi, c'est oui, oui, oui ! s'écria Carole.
– C'est génial ! approuva Lisa.
Carole leur montra la brochure qu'Éli et Jeannie avaient envoyée à Kate. On y voyait le ranch, niché au pied d'une colline, dans un paysage magnifique.
Dès le premier coup d'œil, Steph sut qu'elle irait là-bas. Elle se voyait déjà caracolant sur un cheval indien.
– On nous a choisies, nous, pour encadrer des enfants ? s'écria Lisa. Je n'arrive pas à y croire.
– Moi, je ne suis pas surprise, dit Carole. Nous

sommes de bonnes cavalières tout de même !
– De plus, on peut compter sur nous pour prendre soin des chevaux, ajouta Lisa. Éli et Jeannie le savent bien.
Steph tira sur sa botte et se leva.
– Bon, déclara-t-elle, on va jouer à un petit jeu. On dirait qu'on serait là-bas. Moi, je serais une sale gamine turbulente, et vous, vous essayeriez de m'apprendre à me tenir sur une selle !
Carole et Lisa se levèrent avec enthousiasme : dans le rôle de la sale gamine, Steph serait parfaite !

2

Le père de Carole rentrait toujours tard de son bureau à la base navale. Ce soir-là, Carole ne tenait pas en place. Elle avait trop hâte de lui demander la permission de partir au ranch. Pour le mettre de bonne humeur, elle entreprit de préparer le dîner.

Comme elle avait tendance à être distraite – sauf avec les chevaux ! –, elle commença par verser les petits pois surgelés dans la poêle, tout en plongeant les steaks dans l'eau salée.

Au retour de son père, les steaks détrempés tentaient vainement de frire tandis que les petits pois, qui avaient pris une étrange couleur dorée, sautillaient dans la casserole.
– Ça, c'est gentil ! dit le colonel Hanson en découvrant le repas. Maintenant que l'école est finie, je pourrai peut-être m'attendre à de telles délices chaque soir ?
– Attends d'y avoir goûté, soupira Carole.
Effectivement, c'était immangeable !
– Viens, je vais te montrer un vieux truc de cuisinier, dit-il.
Il vida dans la poubelle le contenu des assiettes et les posa sur l'évier.
– Voici l'ustensile le plus précieux du cuisinier débutant, déclara-t-il en saisissant le téléphone.
Il commanda une pizza qui devait être livrée dans la demi-heure.
– Tu sais, s'excusa Carole, je pensais un peu à autre chose…
– J'avais compris, ma grande, dit-il en éclatant de rire. C'est l'intention qui compte. Mais qu'est-ce qui te turlupinait à ce point ?

– Voilà, commença Carole, j'ai reçu une lettre de Kate...
– À propos de ce stage ? demanda le colonel Hanson. Je suis déjà au courant. Franck Devine m'a téléphoné cet après-midi. Je lui ai dit que tu ne voudrais sûrement pas te fatiguer à panser, à nourrir, à monter des chevaux et à donner des cours alors que tu as la possibilité d'aller dans une école de cuisine...
– Papa !
Le colonel Hanson sentit qu'il était temps d'arrêter la plaisanterie :
– En réalité, Carole, ça m'arrange. Hier, le chef de la base m'a demandé de partir pour une grande tournée d'inspection. J'envisageais de t'emmener, mais j'ai pensé que tu t'ennuierais. Alors j'ai accepté, bien sûr, du moins si tu le veux bien.
C'était gagné ! Elle partait au ranch !

* * *

Lisa avait déjà tous les arguments en tête pour décider ses parents : encadrées par Éli, les

trois filles vivraient une véritable expérience professionnelle ! À la rentrée, elle serait plus mûre, plus responsable, plus...
Elle décida d'aborder le sujet au début du dîner. Mais au moment où elle ouvrait la bouche, sa mère la devança :
– Lisa, nous avons une nouvelle formidable à t'annoncer !
– C'est vrai, renchérit son père.
– Dis-lui, toi, fit Mme Atwood.
– Non, toi, fit M. Atwood.
La mère de Lisa lui annonça alors solennellement que, tous trois, ils allaient entreprendre un voyage d'un mois en Europe pour lui faire visiter l'Angleterre, la France et l'Italie. Cela faisait des mois qu'ils lui préparaient cette surprise en grand secret !
Lisa l'écouta, trop abasourdie pour pouvoir parler. Partir pour l'Europe ! Elle en avait souvent rêvé, c'était vrai. Mais pas cet été ! Pas au moment où on lui proposait de vivre une formidable aventure avec Carole et Steph, de monter des chevaux de western et de travailler pour de vrai dans un ranch !

– Tu es contente,
le visage illumi
Lisa opina faibl
– Je comprends
Mais nous tenic
prise ! Ça n'a pa
Tu te souviens d
jour ? Ce n'étai
de l'agence de
Lisa écoutait à
les mots « Europe » et « un mois ». Là-bas, il n'y aurait pas de chevaux. Elle traverserait des pays où l'on ne parlerait pas sa langue, où elle ne connaîtrait personne et où personne ne la connaîtrait. Elle n'aurait pas ses amies avec elle. L'horreur, quoi…
Lisa regarda ses parents. Ils avaient bien remarqué son air défait, mais ils l'avaient attribué au choc de la nouvelle. Lisa se réjouit de ce malentendu. Elle aimait trop ses parents pour les décevoir.
– ... la tour Eiffel, le Louvre, Notre-Dame, énumérait sa mère avec enthousiasme. J'ai lu qu'on pouvait traverser Paris sur la Seine, en

On l'appelle « la Ville
s...
moment, Lisa prit son courage
ains, interrompant l'évocation du
de la chapelle Sixtine :
et été, Kate Devine nous a invitées à un
tage d'équitation dans un ranch de l'Ouest. C'est très sérieux, ce sera un vrai travail. J'aurais bien aimé...

– Ah non, pas de travail en été, ma chérie ! coupa sa mère. Ce qu'il te faut, ce sont de vraies vacances !

Lisa avait compris : elle pouvait faire une croix sur le ranch. Elle avait bien envie de pleurer, mais pour ne pas blesser ses parents, elle fit un gros effort pour cacher sa déception.

– Je vais téléphoner, je reviens tout de suite, fit-elle, la gorge serrée.

Comme elle sortait de table, elle entendit sa mère murmurer :

– Elle va téléphoner à ses amies pour leur annoncer la bonne nouvelle !

« L'horrible nouvelle, vous voulez dire », pensa-t-elle.

Et les larmes débordèrent de ses yeux bleus.

* * *

Le grain de maïs, lancé d'un coup de fourchette exercé, atteignit Steph au front. Elle tira la langue à Alex, son frère jumeau.
– Steph ! cria Mme Lake.
– Il m'a lancé du maïs dans la figure !
– Qu'est-ce qu'elle raconte ? protesta Alex d'un ton offensé. Je ne t'ai pas jeté de maïs ! Mais j'aurais dû le faire, parce que tu n'es qu'une sale rapporteuse !
Steph savait à quoi il faisait allusion. Alex était tombé amoureux de Melissa Sanders. Steph l'avait répété à Melissa. Mais comment aurait-elle pu deviner que Melissa accrocherait un énorme panneau sur le casier d'Alex : « Je ne sors pas avec des nuls ! »
– Je me vengerai, sale rapporteuse, répéta Alex. Je ferai peur à ton cheval pour qu'il te flanque par terre !
Steph eut un sourire méprisant.
– Melissa a raison, t'es vraiment un nul, sif-

fla-t-elle. Mais cet été, figure-toi, je ne serai pas là !
Il y eut un silence.
– On peut savoir ce que tu as prévu ? demanda Mme Lake.
– Je pars dans l'Ouest, dit Steph. Un ami de Kate organise un stage d'équitation et il a demandé aux membres du Club du Grand Galop de travailler avec lui. Nous serons monitrices juniors.
– Il n'en est pas question ! s'écrièrent ses parents à l'unisson.
Steph fut surprise : certes, elle était habituée à certaines interdictions, mais là, elle ne comprenait pas.
– ... je glisserai des épines sous la selle de ton cheval, ricana Alex qui suivait son idée. Au fait, ton copain Phil ne sait pas que tu as écrit son nom une centaine de fois dans ton cahier d'histoire...
Steph avait rencontré Phil à un stage d'équitation. Se sentant rougir, elle passa à l'action et jeta un grain de maïs à la figure de son frère.
– Steph ! fit sa mère avec sévérité.

– Alex ! gronda M. Lake.
Les autres frères se joignirent à la bagarre. Les grains de maïs volèrent partout.
– Finalement, dit Mme Lake à son mari, un séjour dans l'Ouest lui calmerait peut-être les nerfs…

3

Lisa se précipita hors de la voiture de sa mère et s'engouffra dans le centre commercial. C'était son dernier rendez-vous avec Steph et Carole avant son départ pour l'Europe.
Elle avait mis deux jours à leur avouer qu'elle ne pourrait pas partir au ranch avec elles. Toutes trois avaient pleuré.
– Il y a aussi des chevaux en Europe, lui avait rappelé Steph pour la consoler.

– Oui, mais pas à Notre-Dame. Oh, et puis laissez tomber, avait répliqué Lisa.
– La reine Élisabeth d'Angleterre aime beaucoup monter à cheval, avait objecté Steph, s'efforçant de voir le côté positif des choses.
– C'est ça, et elle va m'inviter à monter avec elle sur la pelouse de Hyde Park...
– On ne sait jamais, avait ajouté Carole.
– Ne vous fatiguez pas, les filles, avait dit Lisa avec un soupir résigné.

Aujourd'hui, chacune d'entre elles avait une liste d'achats à effectuer pour l'été.
Elles entrèrent d'abord dans leur magasin préféré : « Le monde du cheval ». La boutique faisait une promotion sur les chapeaux de cowboy.
– Viens, tu nous aideras à choisir ! s'écria Steph.
Lisa suivit ses amies avec un mélange d'enthousiasme et d'envie.
Une fois les chapeaux achetés, elles continuèrent leurs emplettes : il leur fallait des jeans d'équitation sans couture à l'intérieur

des jambes. Puis Steph prit un foulard et s'en couvrit le bas du visage. Carole éclata de rire :
– Tu as l'intention de braquer une banque ?
– Mais non, idiote ! C'est pour me protéger de la poussière.
– C'est vrai, convint Carole. Là-bas, avec cette sécheresse, c'est sûrement utile.
Elle en choisit deux, comme Steph.
Lisa voulut aller à la librairie :
– Il me faut des manuels de conversation française et italienne.
Elle fouilla le rayon des langues étrangères.
– Arabe, catalan, chinois, danois... Hou là là, toutes ces langues que je ne connais pas ! dit-elle, découragée.
– T'en fais pas, dit Steph. Tu parles déjà assez bien le français. Prends un recueil de phrases toutes faites. Et puis, tu sais, en Europe, il y a des gens qui parlent très bien l'anglais !
Les trois amies se frayèrent un chemin jusqu'à la caisse et Lisa paya ses livres.
– Et maintenant ? demanda Carole.
– On va à la papeterie, dit Lisa. J'ai bien l'intention de vous écrire une montagne de lettres !

– Et si on ne peut pas te répondre ? demanda Carole.
– Vous n'avez qu'à tenir un journal, je le lirai à mon retour.
– Merci bien, soupira Steph avec une moue comique. Écrire tous les jours, ce n'est pas mon fort !
– Alors, c'est moi qui le tiendrai, ce journal, dit Carole. Je vais en acheter un sans cadenas, comme ça, tu pourras le consulter quand tu voudras, ajouta-t-elle à l'intention de Steph.
En guise de cadeau d'adieu celle-ci offrit à Lisa un stylo à encre parfumée.
– Il y a de l'essence de pin dedans, expliqua-t-elle. Ça te rappellera le Pin creux !
C'était tout Steph ! Une fois de plus, Lisa faillit fondre en larmes.
– Ah non, dit Carole en voyant les yeux de son amie s'embuer. Souviens-toi : un mois sans nous, c'est toujours un mois sans surveiller Steph et son régime !
À ces mots, Steph eut un large sourire :
– Hé ! Mais c'est l'heure d'aller prendre notre glace quotidienne !

Les filles étaient les fidèles clientes de Sweetie, le meilleur glacier du centre commercial. Lisa commanda une glace à la vanille saupoudrée de pépites de chocolat, et Carole un banana split au caramel chaud. Comme à l'ordinaire, Steph commanda quelque chose de compliqué :

– Vous avez malabar, comme parfum ? demanda-t-elle. Bon, alors malabar... Attendez, je n'ai pas fini, dit-elle à la serveuse qui s'éloignait déjà.

Et Steph énuméra :

– Malabar avec un soupçon de fraise, des paillettes de caramel croquant, de la chantilly aux myrtilles, des vermicelles de chocolat et de la sauce à la noix de coco !

La serveuse avait visiblement du mal à garder son sérieux, mais elle nota tout scrupuleusement. En vérité, elle n'était qu'à moitié étonnée : elle avait depuis longtemps repéré cette rousse aux yeux verts et ses commandes extravagantes !

Cette dernière réunion du club était gaie et triste à la fois. Le lendemain, Lisa serait en route pour l'Europe. Ce voyage, elle en avait toujours rêvé, et une partie d'elle-même se réjouissait à cette perspective. Mais l'Europe, c'était si loin du ranch d'Éli et de ses amies du Club du Grand Galop !

4

Il était très tôt quand la famille Lake s'entassa dans le break pour conduire Steph à l'aéroport. En chemin, ils s'arrêtèrent pour prendre Carole, et les deux filles se casèrent tant bien que mal entre les sacs de voyage.
Le colonel Hanson s'assit à l'avant, à côté de M. Lake. Michael, le plus jeune frère de Steph, était coincé entre les deux hommes. Sa mère et les deux petits derniers étaient installés sur les sièges arrière.

– Lisa était encore avec nous avant-hier, observa Carole, pensive.
– Elle est déjà à Paris, ajouta Steph.
Puis, changeant de ton, elle déclara :
– Tu sais ce qui me plaît le plus ? C'est qu'on comptent sur nous comme monitrices ! Il faudra que les enfants obéissent !
Mme Lake éclata de rire :
– S'ils sont aussi obéissants que toi, je vous souhaite bien du plaisir !

À l'aéroport, Kate et son père accueillirent les Hanson et les Lake au petit terminal réservé aux avions privés. On embarqua les bagages. Puis tout le monde s'embrassa tandis que les parents assommaient leurs filles de recommandations.
– Si elle me dit de me laver les dents chaque soir, je hurle, chuchota Steph à Carole.
– T'en fais pas, va, elle le fera. Comme mon père.
– Et n'oublie pas de te laver les dents, dit alors Mme Lake.
Les deux filles pouffèrent.

Le dernier sac chargé, la dernière ceinture de sécurité bouclée, l'avion décolla.
Les filles ne virent pas le temps passer pendant le voyage. Elles avaient tant de choses à se raconter ! Kate habitant trop loin, ses amies ne pouvaient la rencontrer qu'occasionnellement. Correspondante du Club du Grand Galop, elle était aussi passionnée de chevaux que ses amies.
Elles évoquèrent le Pin creux en survolant les Appalaches. Elles abordaient le problème du dressage de Diablo quand l'avion dépassa le Mississippi.
Tandis qu'il s'approchait des Rocheuses, Steph et Carole demandèrent à Kate de leur parler du ranch de Haute-Vallée, mais Kate en savait à peine plus qu'elles.
– Est-ce qu'il y a l'eau courante ? s'inquiéta Carole.
– Évidemment, dit Kate. Il y a l'eau, l'électricité et le chauffage. Les nuits sont fraîches dans les Rocheuses.
Ce tableau convenait parfaitement à Steph. Elle allait vivre le plus bel été de sa vie.

– Je n'en peux plus d'attendre, dit Carole comme si elle avait lu dans les pensées de Steph.
– Ça tombe bien, dit Franck depuis le poste de pilotage, nous atterrissons dans quelques instants.
Les filles regardèrent par le hublot et virent se dresser au loin une spectaculaire muraille de sommets déchiquetés recouverts de neige : une véritable invitation à l'aventure !
L'avion amorça sa descente et, quelques minutes plus tard, elles atterrirent. Jeannie, qui les attendait au petit aéroport, les accueillit chaleureusement. Franck aida les filles à porter les sacs de voyage dans la camionnette, puis il embrassa Kate en lui chuchotant ses dernières recommandations avant de partir dans son propre ranch.
– Et surtout, conclut-il, n'oublie pas de te laver les dents !
– Ah, les parents ! soupira Steph.
– Que veux-tu, intervint Jeannie avec un sourire, ils s'inquiètent pour leurs petits, c'est normal !

– Eh bien, moi, la coupa Steph, lorsque je serai mère, je ne dirai jamais : lave-toi les dents, fais ceci, fais cela, du moins en public !
Jeannie sourit :
– On verra ce que vous direz quand vous vous trouverez à la tête d'une quinzaine de gamins.
N'ayez pas peur, Jeannie, déclara Carole avec une belle assurance. Vous pouvez compter sur le Club du Grand Galop !
– Oh, mais je compte sur vous, les filles ! s'exclama Jeannie. Et pour commencer, on se dit « tu », d'accord ?
– Comme tu veux ! répliqua Steph.
Elle trouvait la jeune femme décidément très sympathique.
Les filles se mirent aussitôt à harceler Jeannie de questions sur le ranch. Celle-ci avait beau insister sur la quantité de travail qui les attendait, tout leur paraissait merveilleux. Quand, pour la troisième fois, elle employa le terme de « lourde responsabilité », Steph leva un sourcil étonné :
– Bon, c'est juste un stage d'équitation, non ?
– À ta place, je ne dirais pas « juste », répli-

qua la jeune femme. Vous aurez un travail fou.
– C'est bien pour ça que nous sommes venues, rappela Carole.
Jeannie regarda ses passagères et sourit :
– Et je suis bien contente de vous avoir ! Mais vous verrez, ce sera un vrai défi.
– J'adore les défis, dit Steph. Tu sais qu'à nous trois nous représentons trente ans d'expérience de l'équitation et de soins aux chevaux ? Nous savons tout faire ! En plus, avec mon petit frère Michael, j'ai l'expérience des enfants, alors, crois-moi, ça sera du gâteau.
– Et moi, je suis une bonne organisatrice de groupes, ajouta Carole. Je vis depuis des années avec un colonel des *marines*. Il m'a appris plus d'un truc !
– Et moi, intervint Kate, je sais déjà tenir un ranch, celui de mon père !
– Tu vois, Jeannie, affirma Steph, tes problèmes, c'est déjà du passé.
– Par contre, les vôtres ne font que commencer ! riposta la jeune femme en souriant.
Mais les filles étaient bien trop heureuses et excitées pour percevoir l'ironie de cette réplique.

Une fois au ranch de Haute-Vallée, Jeannie les déposa devant leur logement, une petite cabane en rondins :
– Voilà votre chez vous !
C'était un vrai campement de l'Ouest ! Le cabanon ne comportait qu'une seule chambre, simplement meublée de lits superposés, d'étagères et d'un petit poêle ventru. Une modeste salle de bains complétait l'ensemble.
– Il est tard, dit Jeannie. Ici, nous vivons avec le soleil, vous devriez vous installer et vous coucher très vite. Éli vous a laissé un repas froid. Demain, il faudra vous lever tôt. Les enfants meurent d'envie de faire votre connaissance. Ils ont tellement entendu parler de vous...
Sur ces mots, elle les quitta en refermant la porte.

Les lumières étaient déjà éteintes dans la grande maison ainsi que dans les baraques qui abritaient les enfants. Les filles, affamées, se ruèrent sur le poulet froid, les paquets de chips et les cannettes de soda disposés sur la

table. Elles mangèrent avec leurs doigts. Après tout, on était au Far West !
Tout en mordant dans une cuisse de poulet, Steph déclara :
– Éli et Jeannie ont de la chance de nous avoir ! On monte bien à cheval, on est résistantes, travailleuses, gentilles…
– Et surtout vachement modestes ! acheva Carole.
Elles rirent, puis bâillèrent à se décrocher la mâchoire.
Elles enfilèrent leurs pyjamas et grimpèrent sur leurs lits.
Steph n'arrivait pas à s'endormir. Elle était habituée aux lumières diffuses de la ville. Ici, il faisait très noir. Seul un mince rayon de lune coulait entre les épais rideaux. Et le silence était impressionnant.
Steph chuchota :
– Eh, les filles, vous savez quoi ? On a oublié de se laver les dents !
Pas de réponse. Kate et Carole dormaient déjà. Sous le lit de Kate, il y avait une couchette vide, celle qu'aurait dû occuper Lisa.

5

« Chère Steph, chère Carole,

Mes parents sont ravis d'être à Paris, mais ils ont du mal avec le français ! Hier, au restaurant, papa voulait commander de l'agneau. Comme il ne connaissait pas le mot en français, il a répété le terme anglais : "Lamb ! Lamb !" On lui a servi de la langue. Vous auriez vu sa tête ! »

Lisa soupira et mordilla son stylo. Steph et Carole lui manquaient terriblement, mais elle n'osait pas le leur avouer de peur de gâcher leurs vacances. Elle se remit à sa lettre :

« Ce matin, nous avons visité un musée installé dans une ancienne gare, ça m'a beaucoup plu. Mais je n'ai pas trop aimé le Louvre. C'était bondé, et maman a passé son temps à courir de gardien en gardien pour demander où se trouvait *Mona Lisa*. Ils la regardaient tous interloqués. Les Français l'appellent *La Joconde*. Vous voyez le tableau... si j'ose dire ! Depuis que je suis ici, je n'ai pas vu la queue d'un cheval ! Ça me manque. Mais c'est surtout vous qui me manquez !
Embrassez bien Kate, pour moi. Apprenez aux enfants tout ce que vous savez, et faites-en de bons cavaliers !
Je vous embrasse.

Lisa »

* * *

« Cher Journal (ou plutôt chère Lisa, parce que je ne vois pas qui va relire ces lignes à part toi !),
La journée a plutôt mal commencé. D'abord, quand le réveil a sonné, nous étions si fatiguées que nous nous sommes rendormies. Jeannie a dû venir nous secouer. Elle nous a fait comprendre que nous étions ici pour lui rendre service, pas pour lui compliquer la vie. Il y avait une balade à cheval au programme, et le groupe ne pouvait pas partir parce que nous n'étions pas prêtes. La honte !
Ensuite, nous n'aurions jamais dû acheter ces tenues de cow-boys. En nous voyant, les gamins ont éclaté de rire. Il y en a mêmeun qui a lancé :
– Vous avez oublié vos lassos !
Ils sont tous de l'Ouest, ils montent à cheval comme des cow-boys et ignorent complètement les règles de l'équitation classique.
Enfin, j'avais oublié qu'ici on dirige sa monture avec une rêne simple. Ma jument ne comprenait pas ce que j'attendais d'elle et trois des stagiaires, trois sales petits morveux, se

sont moqués de moi. Ils s'appellent Ann, Dan et Sam. Steph les a surnommés "les trois punaises", ça leur va comme un gant ! Ils vont nous donner du fil à retordre, j'en ai peur !
Quand je pense que nous sommes venues ici en pensant aider Éli et Jeannie ! Pourvu qu'ils ne nous renvoient pas à la maison !
Éli a déclaré que les vraies corvées commenceraient demain. Steph s'occupera du potager et, moi, je devrai ramasser les œufs au poulailler. Kate aidera à la cuisine.
Allons, courage ! Demain est un autre jour !
Bonne nuit.

Carole »

Carole referma le cahier, éteignit la lumière. Épuisée, elle s'endormit immédiatement.

6

– Mais, enfin, comment fais-tu la différence entre une pousse d'oignon et une mauvaise herbe ? demanda Steph à Éli.

– Ça, ce sont des pousses d'oignon, répondit Éli avec patience en désignant des pousses vert clair. Tout le reste, ce sont des mauvaises herbes, tu les arraches.

– Et la plus grosse est devant nous ! siffla Sam à l'oreille d'Ann, assez fort pour que Steph entende.

Elle ravala une réplique cinglante. Elle appréciait modérément d'avoir à s'occuper d'un potager, tâche à laquelle elle ne connaissait rien, alors qu'elle avait été embauchée pour ses talents de cavalière. Si en plus il fallait supporter les moqueries perpétuelles des « punaises », la situation allait vite devenir insupportable. Mais Steph devait admettre qu'elle et ses amies n'avaient encore accompli aucun exploit. Il leur était donc difficile de se faire respecter par les enfants.
Pourtant, avec ses trois jeunes frères, Steph pensait savoir comment s'y prendre avec les garnements ! Elle se rappela tous les tours qu'elle avait pu leur jouer, mais se mordit les lèvres. Elle n'était pas venue au ranch pour semer la discorde.
– C'est la première fois de ma vie que je désherbe un jardin, avoua-t-elle gentiment à Sam. Je sais des tas de trucs sur les chevaux, mais à peu près rien sur les oignons. Si tu veux, on pourrait faire un échange. Je t'apprends tout sur les chevaux, et toi, tu m'aides au potager ?

– Non, merci, fit Sam. J'ai pas envie d'apprendre à monter comme une lavette.
– Qu'est-ce que tu sais de l'équitation ? demanda Steph en réprimant son irrésistible envie d'étrangler ce maudit gamin.
Ce n'était pas une chose à faire dès le deuxième jour du stage, d'autant qu'Éli l'observait du coin de l'œil.
– Tout ce que je sais, c'est que je ne veux pas monter comme toi.
– Moi non plus, intervint Ann. Les chevaux, je n'ai pas besoin de leur apprendre à danser ou à sauter des obstacles débiles.
Steph préféra se taire pour ne pas envenimer la situation. Elle se contenta d'arracher violemment une poignée de mauvaises herbes.

À la cuisine, les choses se passaient un peu mieux pour Kate. Elle s'affairait au rangement avec Jeannie, après le petit déjeuner. Trois des enfants étaient censés les aider en passant une éponge sur les tables. La dernière fois que Kate avait jeté un coup d'œil dans la salle à manger, ils jouaient avec les salières

et les poivrières devenues, pour la circonstance, les vaches d'un troupeau.
Bien sûr, elle aurait dû les rappeler à l'ordre. Mais, remarquant un coup d'œil mauvais du petit Dan – la pire des trois punaises ! –, elle choisit de se taire et elle essuya les tables en laissant les enfants continuer leur jeu.
– Tu n'aurais jamais dû céder, dit Jeannie quand Kate lui raconta la scène. C'est leur boulot, ils sont capables de le faire.
– Ils l'auraient fait, mais mal, rien que pour m'énerver.
– Eh bien, on les aurait obligés à recommencer jusqu'à ce que les tables soient propres ! Si on les laisse faire, ça ne peut qu'empirer !
Un cri perçant les interrompit. Il provenait du poulailler. Jeannie laissa tomber la marmite qu'elle récurait, Kate jeta son torchon et tous se précipitèrent dehors.

Dans le poulailler, Carole se tenait le poignet en retenant ses larmes.
– Elle m'a fait mal ! gémit-elle.
« Qui ? Ann ? » se demanda Steph qui l'avait

rejointe. Puis elle comprit : Carole avait reçu un coup de bec !
Son poignet était enflé et meurtri. La plaie saignait légèrement.
– Elle ne voulait pas qu'on lui prenne son œuf ! constata Steph.
– Ah, ça peut être méchant, une poule ! commenta Éli.
Carole aurait juré qu'il y avait un soupçon de moquerie dans sa voix.
– Au moins, j'ai l'œuf, dit-elle en le brandissant triomphalement.
Tout le monde vit qu'il était fêlé.
– Qui aime les omelettes ? ricana Dan.
Ann et Sam gloussèrent, et avec eux quatre ou cinq autres enfants.
– Est-ce qu'il y a des pansements ? demanda Carole.
– Oui, dans la salle de bains de la grande maison. Tu peux y aller, dit Éli.
Steph et Kate proposèrent de l'accompagner.
– Si vous voulez, mais ne traînez pas. Nous allons partir en balade.
Carole tendit l'œuf à Éli, puis les trois filles

se dirigèrent vers la maison. L'une des trois punaises lança :
– À votre avis, il faut combien de championnes d'équitation pour coller un pansement ?
Elles firent semblant de ne pas avoir entendu.

– Ça ne va pas fort, hein ? dit Kate, exprimant tout haut ce que tout le monde pensait.
– Je me sens si bête ! dit Carole en regardant sa main. Je n'aurais jamais imaginé une poule défendant ses œufs !
– Normal, tu n'as jamais ramassé d'œufs de ta vie, lui rappela Kate.
– Je l'ai vu faire au cinéma. Dans les films, ça paraît tellement facile ! C'est toujours le petit dernier de la famille qui y va.
– C'est sûr, reconnut Steph, on n'est pas les génies qu'on croyait.
– Les enfants attendaient des supermonitrices, et regardez ce que nous sommes : des incapables, fit Kate.
– Ça, on doit être au plus bas dans l'estime de Jeannie et d'Éli maintenant, soupira Carole.
Kate fut la première à réagir :

– Allez, courage, les filles ! Ne nous laissons pas abattre. Ce que ces gamins attendent de nous, c'est que nous soyons au top en équitation, pas en cuisine, en jardinage ou en ramassage des œufs !
– Tu as raison, dit Steph. En équitation, on est les meilleures, et on va le leur prouver !
Carole finit par partager leur conviction.
– Allez, à cheval, maintenant ! conclut-elle.
Les filles rejoignirent Éli et les enfants dans l'enclos. Le mari de Jeannie était en train de séparer un cheval du troupeau. Kate l'avait fait des centaines de fois dans le ranch de son père. D'ailleurs, Éli comptait sur son aide, il avait déjà sellé son cheval.
Kate sauta par-dessus la barrière et se retrouva à califourchon sur sa monture.
– Hou, la frimeuse ! lança une petite voix pointue.
– Je prends ceux de gauche, proposa-t-elle sans tenir compte de cette remarque.
Éli hocha la tête et Kate commença le travail.
Le troupeau comptait une cinquantaine de

chevaux et, chaque jour, il fallait en monter un certain nombre. Les autres se reposeraient pendant la journée.
Tandis qu'Éli sélectionnait les bêtes, Carole veillait à ce qu'elles ne se regroupent pas. Tous les deux travaillaient avec l'aide de Mel, la chienne d'Éli, une bâtarde couleur caramel. C'était de loin la chienne la plus intelligente que Kate ait jamais rencontrée.
Quand une vingtaine de chevaux furent détachés du troupeau, Éli et Mel les amenèrent au-devant des cavaliers. Chacun reçut une monture. Pendant ce temps, Kate gardait le reste des bêtes. Elle aperçut une ouverture dans la clôture, qui donnait accès à un enclos plus petit où broutait un cheval solitaire, apparemment indifférent à l'agitation générale. L'adolescente songea à y enfermer les animaux dont elle avait la garde, le temps que les autres soient sellés. Elle ouvrit la barrière et fit entrer les bêtes.
Elle revint ensuite aider les jeunes cavaliers à seller leurs chevaux. Tout semblait aller parfaitement.

– J’ai mis le reste du troupeau dans le petit enclos, annonça-t-elle à Éli.
Il releva la tête à ces paroles :
– Il ne fallait pas. Tu as oublié Arthur, dit-il en désignant du doigt l’occupant solitaire du petit enclos. Chaque fois qu’il se retrouve avec d’autres chevaux, il y a des problèmes. Il faut toujours le laisser à l’écart.
– Alors je vais le faire sortir.
– Non.
Kate soupira : Éli avait raison, elle avait fait une bêtise, à elle de réparer les dégâts.
Maintenir Arthur dans le petit enclos en sortant les autres chevaux se révéla délicat, mais elle y parvint. Quand elle eut terminé, tous les enfants étaient en selle et l’attendaient. Sentant peser sur elle des regards ironiques, elle passa, la tête haute, faisant mine de ne rien remarquer.
– Cavaliers, en route ! lança-t-elle, enjouée.
Éli fit claquer sa langue et éperonna son cheval. La promenade pouvait commencer.

***

Le soir même, quand Éli entonna la troisième chanson devant le feu de camp, les trois filles s'éclipsèrent, prétextant la fatigue du voyage. Si personne ne les crut, personne ne les retint non plus. Les enfants étaient visiblement enchantés d'être débarrassés d'elles.
– La dernière en pyjama aura un gage, déclara Steph pour dérider ses amies.
Mais elle avait un avantage, elle était déjà en tenue de nuit. Tandis que Carole et Kate traînaient pour se changer, elle alluma un petit feu dans le poêle.
Carole s'effondra sur un siège et contempla les flammes qui léchaient la vitre du poêle.
– Je croyais avoir touché le fond quand la poule m'a attaquée, dit-elle. Mais quand je suis tombée de cheval...
Dans le silence qui suivit, elle répéta, incrédule :
– Moi, Carole Hanson, je suis tombée de cheval... !
Pendant la balade, Éli avait demandé à Carole de prendre la tête de la file. C'était une forme

de compliment : le meilleur cavalier chevauchait généralement en tête. Éli n'était donc plus fâché contre elle.

Un des stagiaires lui avait demandé quelle était la différence entre la monte classique avec une selle anglaise, et celle des cow-boys. Ses amies s'étaient moquées d'elle en l'écoutant donner des explications interminables. Mais il n'y avait rien à faire, Carole aimait partager son savoir.

La file de cavaliers s'était engagée dans une montée. La consigne était de se pencher sur l'encolure du cheval afin de compenser l'effet de la pente. Malheureusement Carole était si absorbée par ses explications qu'elle n'avait rien remarqué. Survint alors l'inévitable : elle avait glissé de la selle et elle était tombée. Elle s'était sentie stupide. Et son cheval qui l'attendait patiemment, comme s'il avait l'habitude d'être chevauché par des touristes inexpérimentés !

Elle s'était remise en selle sous les rires des stagiaires. Les plus aigus étaient bien sûr ceux des trois punaises…

Et, comble d'humiliation, Éli avait demandé à Kate de prendre la tête sous prétexte que Carole s'était fait mal !
Steph se rapprocha du poêle :
– Ça aurait pu arriver à n'importe qui !
– Moi aussi, je suis déjà tombée de cheval, ajouta Kate.
– C'est ça, maugréa Carole, quand tu avais huit ans.
– Toi, au moins, tu n'as pas fait entrer trente chevaux dans le mauvais enclos, fit remarquer Kate.
– Tu n'as pas non plus confondu des oignons avec des mauvaises herbes, intervint Steph.
On frappa à la porte. C'était Jeannie :
– Je peux entrer ? Je n'ai pas eu un instant pour vous parler de toute la journée, alors je suis venue ce soir vous dire combien Éli et moi sommes heureux que vous soyez là...
– Heureux qu'on soit là ? Je rêve, ou quoi ? s'exclama Steph.
– Non, c'est vrai, insista Jeannie. Quatre stagiaires se sont décommandés à la dernière minute sans rien payer. On avait engagé deux

moniteurs, mais il a fallu les renvoyer faute d'argent. Sans vous, je ne sais pas ce qu'on aurait fait. Bien sûr, il y a beaucoup de travail…

– Oui, on s'en est aperçues, coupa Kate, mais je vous dois bien ça. Quand mes parents ont monté notre ranch, Éli les a beaucoup aidés. Je suis contente de pouvoir vous aider à mon tour.

– Moi aussi, renchérit Steph, je suis heureuse d'être là.

Carole hocha vivement la tête pour dire qu'elle était d'accord.

– Merci, les filles, dit Jeannie. Bon, il faut que je retourne à ma cuisine. À demain !

Dès que la porte se fut refermée, Kate déclara :

– On ne les laisse pas tomber, hein ?

– On peut vraiment les aider, dit Carole. Il suffit de faire un effort.

– Des efforts, encore des efforts, toujours des efforts ! conclut Steph, tout à fait remontée.

7

Quand le réveil sonna le matin suivant, les trois membres du Club du Grand Galop se levèrent, encore à moitié endormies, et enfilèrent leurs vêtements aussi vite que possible. Elles avaient la ferme intention de faire le maximum pour être efficaces.
Dix minutes plus tard, elles entraient dans la salle à manger, prêtes à affronter une nouvelle journée.
Une fois le petit déjeuner servi à tous les sta-

giaires, chacune des filles prit une assiette de crêpes et un bol et s'assit à la grande table des enfants. Elles auraient préféré s'isoler toutes les trois, mais ça n'était assurément pas le meilleur moyen pour faire connaissance avec les stagiaires. Elles tentèrent bien de s'asseoir le plus loin possible des trois punaises, mais il était difficile de les éviter dans une tablée de quinze.

« Où est Éli ? » se demanda soudain Carole. Remarquant de la lumière dans la cabine téléphonique proche de la salle à manger, elle en conclut qu'il devait être en ligne. L'adolescente s'attaqua à ses crêpes.

Éli sortit enfin, le visage rayonnant. Il s'éclaircit la gorge.

– J'ai une grande nouvelle, commença-t-il. Je viens de parler avec le propriétaire du ranch voisin. Il possède un troupeau de vaches qu'il faut convoyer à quatre-vingts kilomètres d'ici et il est à court de main-d'œuvre. Il m'a donc appelé pour me demander si je ne connaissais pas quelqu'un qui s'en chargerait. J'ai répondu... que je pourrais bien faire l'affaire.

Les stagiaires se regardèrent.
– Nous aussi, alors ? demanda l'un des enfants.
– Oui, fit Éli. Je voulais lui louer une partie de son troupeau pour faire un entraînement avec du bétail, mais ce qu'il propose est bien plus intéressant. Vous vivrez une véritable expérience de cow-boys tout en rendant service à un de nos voisins.
« En plus, Éli sera rémunéré, songea Steph. Ce sera toujours ça de pris pour les comptes du ranch. »
– Youpi ! cria-t-elle.
Son enthousiasme ayant toujours été contagieux, la quasi-totalité des stagiaires levèrent le doigt lorsque le jeune homme demanda des volontaires.
Kate aussi bouillait d'excitation. Elle avait déjà participé à ce genre d'expédition dans le ranch de son père. C'était une expérience qu'elle n'oublierait jamais.
Seuls trois stagiaires refusèrent de partir, dont Sam, l'une des trois punaises. Jeannie resterait au ranch avec eux.
« Elle aura du pain sur la planche : le pota-

ger, la basse-cour, et bien sûr la maison à tenir », songeait Carole. Son cœur se serra. Partir derrière un troupeau, comme dans un western, ça serait super ! Mais on ne pouvait pas laisser tomber Jeannie comme ça…
D'une voix un peu tremblante, elle déclara :
– Moi, Jeannie, je reste avec toi.
Steph et Kate la regardèrent, interloquées.
– Enfin, Carole…, protesta l'une.
– Tu ne vas pas nous faire ça, renchérit l'autre.
Tout d'un coup, Carole n'était plus très sûre de sa décision.
Alors Éli intervint :
– Très bien, Carole, dit-il. Ça m'ennuyait de laisser Jeannie seule au ranch. Maintenant, que tous ceux qui viennent avec moi préparent leur sac de couchage, des vêtements de rechange et des affaires de toilette. Nous partons après les corvées du matin.
– On ne pourrait pas les éviter, ces corvées du matin ? marmonna Ann.
Éli lui jeta un regard noir. Steph fut soulagée de constater qu'Éli, lui aussi, trouvait cette gamine plutôt antipathique.

Carole termina son petit déjeuner et ramassa les assiettes. À la cuisine, il fallait tartiner une montagne de sandwichs pour le premier pique-nique des apprentis cow-boys. Les repas suivants seraient assurés par le camion de ravitaillement du propriétaire du troupeau qui rejoindrait le groupe le soir au campement.
Carole et Jeannie rangèrent la salle à manger. Cette fois, l'adolescente veilla à ce que les stagiaires nettoient les lieux. Les enfants se mirent immédiatement au travail avec ardeur : Carole avait menacé les paresseux de ne pas faire partie du convoi.
Pendant un bon moment, la jeune fille fut trop absorbée pour penser à l'expédition, mais quand elle vit les chevaux harnachés, le balluchon de chaque cavalier soigneusement roulé et attaché derrière la selle, elle sentit monter en elle une vague de regret.
Allons ! elle allait se rendre utile en secondant Jeannie. Elle était sûre d'avoir fait le bon choix.
Quand la petite troupe fut partie, elle se tourna vers la jeune femme :

– Et maintenant, qu'est-ce que je fais ?

Jeannie sourit :

– Puisque tu as renoncé à une expédition à cheval, tu as bien le droit au moins à une promenade ! Prends les enfants avec toi, qu'ils montent eux aussi. Ça les occupera. Allez, vous êtes libres jusqu'à l'heure du déjeuner !

– Oui, mon commandant ! fit Carole en accompagnant ces paroles d'un salut militaire appris de son père.

Elle s'éloigna, le cœur plus léger.

8 

Que le ranch était tranquille ce matin ! Beaucoup trop… En se levant, Carole avait eu un petit coup de cafard : elle qui était venue pour vivre la vie aventureuse des cow-boys, elle allait devoir se contenter de donner un coup de main à Jeannie pour la cuisine, le jardinage ou d'autres tâches ménagères.
Heureusement qu'il y avait les chevaux ! Elle projetait déjà une leçon de monte à l'anglaise pour les trois enfants restants. Séparés du

groupe, ils seraient peut-être plus dociles.
Elle épluchait des pommes tandis que Jeannie préparait la pâte à tarte quand le klaxon du facteur interrompit ses pensées.
– J'y vais, dit Carole en lâchant son couteau.
Deux minutes plus tard, elle revenait en brandissant une épaisse enveloppe :
– Une nouvelle lettre de Lisa pour le Club du Grand Galop ! Celle-là, elle vient de Londres !
Elle avait déjà déchiré l'enveloppe, mais, au moment de sortir les feuillets, elle hésita :
– C'est pour nous trois. Je devrais peut-être attendre le retour de Steph et de Kate ?
– Toi, dit Jeannie, tu as eu la gentillesse de rester ici. Tu as bien le droit d'être la première à lire cette lettre !
Un large sourire éclaira le visage de Carole. Elle alla s'asseoir dehors et se plongea dans la lecture.

« Club du Grand Galop, salut !

Je pense beaucoup à vous, les filles. Je ne monte pas à cheval, bien sûr. (Quoique…

attendez un peu que je vous raconte !) Mais qu'est-ce que je peux galoper derrière mes parents qui me traînent dans tous les musées !
Après notre séjour à Paris, nous avons pris l'avion pour l'Angleterre. Et là, il m'est arrivé une aventure EXTRAORDINAIRE !
Nous sommes allés à Windsor, parce que maman tenait absolument à visiter le château. Or, en arrivant, nous avons appris qu'il était fermé aux touristes ce jour-là : la reine y séjournait pour quelque temps !
– Ça ne fait rien, a déclaré maman. Nous pouvons tout de même nous promener dans le parc.
Un parc ! Un de plus !
J'ai suivi mes parents en traînant les pieds. Je m'imaginais galopant avec vous dans les grandes étendues sauvages du Wyoming ! Nos chevaux hennissaient, il me semblait même entendre le martèlement de leurs sabots sur la terre sèche.
Soudain, j'ai compris que ce bruit de sabots était bien réel. Sortant de ma rêverie, j'ai vu surgir un magnifique pur-sang tout écumant.

Il était sellé, mais les étriers lui battaient les flancs. Tout laissait penser qu'il avait jeté son cavalier à terre. Celui-ci était peut-être blessé ? Sans même réfléchir, j'ai saisi les rênes et, d'un bond, je me suis mise en selle. Les étriers étaient à la bonne hauteur.
Évidemment, maman a crié :
– Mais enfin, Lisa, qu'est-ce que tu fais ?
J'ai lancé :
– Je vais rendre ce cheval à son propriétaire !
Et, sans écouter les protestations de mes parents, j'ai fait faire demi-tour à ma monture et, au petit galop, j'ai remonté l'allée qui serpentait dans un sous-bois.
Bientôt, j'ai aperçu une fille à peu près de mon âge portant une superbe tenue d'équitation. Elle avançait en boitillant. J'ai demandé :
– Ce cheval est à vous ?
Elle a eu l'air incroyablement soulagée :
– Oui, c'est ce diable de Flash ! Il a réussi à me désarçonner !
J'ai mis pied à terre et je me suis présentée :
– Lisa Atwood. Je suis américaine.
La jeune fille a ri :

– Je l'avais deviné, à votre accent !
Et elle m'a serré la main en disant :
– Je suis Lady Teresa. Mes amis m'appellent Tessa.
Une lady ! Vous imaginez ça ! Et elle avait le même âge que moi ! Très gentiment, elle m'a demandé si je voulais bien la raccompagner en tenant Flash par la bride. Elle allait se remettre en selle, car sa cheville lui faisait mal, mais elle ne voulait pas risquer une autre chute.
Bien sûr, j'ai tout de suite accepté. J'ai demandé :
– Où allons-nous ?
– Aux écuries royales.
Les écuries royales ? Je rêvais ou quoi ?
Eh bien, non ! Tessa m'a expliqué que sa mère était une cousine éloignée de Sa Majesté.
– Aussi, a-t-elle dit, je peux monter de temps en temps les chevaux royaux. Mais… celui-ci est un peu trop fougueux pour moi !
On a ri toutes les deux. On a remonté l'allée en bavardant, elle sur Flash, moi tenant la bride.

J'ai retrouvé mes parents qui m'attendaient, assis sur un banc, et je leur ai expliqué que je devais reconduire Tessa aux écuries. Tessa leur a dit :
– Il y a un petit restaurant très agréable, près de la boutique de souvenirs. Peut-être pouvez-vous attendre Lisa là-bas ? Mon chauffeur la ramènera.
Mes parents étaient complètement abasourdis. Vous imaginez ! Leur fille ramenant au château une lady blessée !
Les écuries royales étaient une splendeur. Et les chevaux ! Jamais je n'en avais vu d'aussi beaux ! Des bais, des blancs, des alezans… la crinière lustrée, le poil luisant !
Tessa m'a présentée à tous les palefreniers comme « l'Américaine qui lui avait presque sauvé la vie » !
Bien sûr, je lui ai parlé du Pin creux. Tessa a été emballée. Elle m'a demandé si elle pouvait devenir correspondante du Club du Grand Galop, bien qu'elle ne soit pas encore très bonne cavalière. J'ai dit oui, évidemment. J'étais sûre que vous seriez d'accord. On a

échangé nos adresses. Puis son chauffeur m'a fait monter dans une superbe limousine et m'a déposée au restaurant. La classe !
Mais vous n'imaginez pas le plus beau : pendant le déjeuner, j'ai décrit à mes parents les écuries royales jusqu'au moindre brin de paille. Ils me regardaient avec un sourire amusé. Ils croyaient que j'en rajoutais, je le voyais bien. Soudain, au dessert, un homme en uniforme est entré dans le restaurant et il a dit :
– Je cherche Mlle Lisa Atwood.
Étonnée, j'ai dit :
– Je suis là !
L'homme s'est approché de notre table, il s'est incliné comme si j'étais une princesse et il m'a tendu une petite boîte en disant :
– Sa Majesté vous remercie d'avoir ramené le cheval de Lady Teresa. Sa Majesté espère que vous accepterez ce petit cadeau offert en signe de sa royale reconnaissance.
J'ai ouvert la boîte. Elle contenait un petit cheval de cristal, aussi beau, aussi fin que les pur-sang des écuries de la reine.
Cette fois, mes parents sont restés sans voix.

Et moi, j'ai juste réussi à bredouiller :
– Merci… euh… merci !
La parfaite idiote, quoi !
Vous imaginez, les filles ? Le Club du Grand Galop compte maintenant une lady parmi ses membres !
J'espère que Tessa viendra un jour au Pin creux. C'est moins chic que les écuries royales, mais, à nous trois, on fera d'elle une parfaite cavalière !
Ah, les chevaux ! C'est vraiment avec eux que l'on vit les plus belles aventures, pas vrai ?
J'ai hâte de vous revoir, pour que vous me racontiez comment c'est, là-bas, dans l'Ouest !
Je vous embrasse très fort.

Votre Lisa »

Carole replia la lettre, un sourire aux lèvres.

Après le déjeuner, les enfants avaient bien besoin de bouger. Jeannie demanda :
– Carole, pourrais-tu emmener les chevaux dans l'autre pré, celui qui est derrière les granges ? Les enfants vont t'aider. Sellez les

bêtes que vous voudrez, ensuite elles resteront elles aussi au pâturage. Mais surtout, séparez-les d'Arthur ! Cette tête de mule, tu la laisses dans son enclos !
Bien sûr, ce n'était pas aussi excitant que de conduire un troupeau à travers monts et vallées ! Mais c'était tout de même amusant.
– On y va, les enfants ! cria Carole avec entrain.

Carole avait le dos rompu à force de se pencher pour arracher les mauvaises herbes. Devant elle s'étendaient à l'infini des rangs et des rangs d'oignons. Jamais elle n'y arriverait seule !
Une cloche se mit à sonner furieusement et une poule gigantesque apparut, tenant dans son bec une marmite à récurer. Et cette cloche qui n'arrêtait pas... !
Carole ouvrit les yeux et s'assit sur son lit.

C'était la cloche du ranch qui l'avait réveillée. Il faisait nuit noire, que se passait-il ? Carole comprit brusquement que Jeannie appelait au secours.

Elle enfila ses bottes et sortit en pyjama.

– Carole ! cria Jeannie dès qu'elle l'aperçut. Les chevaux se sont échappés !

En effet, le pré où elle avait parqué les bêtes quelques heures auparavant était vide.

– Au moins nous avons Arthur, dit Carole, jetant un œil vers l'enclos où un grand cheval se tenait calmement.

– Ce n'est pas lui. Arthur a une tache en forme de croissant sur la tête. Ce cheval-là a une étoile.

Carole cligna des yeux, abasourdie :

– Tu veux dire que j'ai passé une heure à séparer les bêtes d'un cheval qui n'était pas Arthur ?

– J'en ai bien peur, répondit Jeannie.

Carole était atterrée. Qu'avait-elle fait ?

– Quand Arthur est à la tête du troupeau, il peut l'entraîner n'importe où, expliqua Jeannie. C'est un meneur, il saute par-dessus les clôtures, et tous les autres le suivent.

Scrutant le paysage nocturne, Carole distingua quelque chose qui bougeait au sommet d'une colline.

– Je crois que je les vois, dit-elle en montrant l'ombre du doigt. Je vais les chercher, décida-t-elle pour se rattraper. Toi, va te recoucher.

Jeannie était épuisée, elle ne protesta même pas.

– Si tu penses que tu peux y arriver, je veux bien, Carole, dit-elle. Mais il faut que je te prévienne : cette terre, là-bas, appartient à un voisin qui a fait l'impossible pour nous empêcher d'organiser notre stage cet été. Il a horreur des enfants. Éli lui a juré qu'il ne s'apercevrait même pas de leur présence. Alors fais bien attention. Qu'il ne te voie pas quand tu sortiras les bêtes de son champ !

Carole hocha la tête. Ça n'allait pas lui faciliter la tâche, mais elle n'avait pas le choix. Il était trois heures et demie du matin. Le soleil se lèverait à quatre heures et demie. Vers cinq heures et demie, il ferait complètement clair et les gens seraient debout, car ici on vivait au rythme du soleil. Elle n'avait plus une

minute à perdre. Mais elle savait que seule elle n'y arriverait jamais. Elle devait emmener les trois stagiaires.
Tout en se dirigeant vers leur dortoir, Carole se demandait comment les tirer du lit.
Ah, si Steph était là ! Elle, elle savait s'y prendre avec les enfants. Soudain, Carole eut une inspiration « stéphanienne ».
Ramassant une plume de poule qui traînait par terre, elle la piqua dans ses cheveux. Elle ouvrit la porte d'un coup de pied et s'avança dans la chambre des enfants.
– Debout, jeunes guerriers ! Moi, Œil de Faucon, j'ai repéré un troupeau de chevaux. On va s'en emparer !
– Quoi ? Qu'est-ce qui se passe ?
– Jeunes guerriers ? répéta Sam en clignant des yeux.
– Oui, jeunes guerriers, insista Carole. Il y a un troupeau de vingt chevaux pas loin d'ici. On va les ramener au campement !
Un jeu ! Carole avait organisé un jeu de nuit ! Les enfants sautèrent du lit. En cinq minutes, ils étaient prêts.

Ils progressaient à pas de Sioux dans la nuit noire. Les torches électriques auraient donné l'alarme aux voisins ou perturbé les chevaux. D'ailleurs, les Sioux y voient très bien la nuit, tout le monde sait ça, bien que le sol irrégulier les fasse parfois trébucher...
Sam était enchanté de cette aventure inattendue. Il se montra à la hauteur, prenant très au sérieux son rôle d'Indien voleur de chevaux.
Ils arrivèrent en vue du troupeau. La plupart des bêtes dormaient debout. Quelques-unes broutaient.
Il fallait d'abord localiser Arthur le meneur, un cheval bai avec une tache en forme de croissant sur le front, leur expliqua Carole. Elle observa le troupeau : la robe de la plupart des chevaux était baie et presque tous avaient des taches sur la tête. Finalement, elle réussit à le distinguer.
Elle s'approcha sans bruit, glissa un licol sur l'encolure de la bête. Le cheval ne fit aucune difficulté.
Le seul défaut d'Arthur consistait à emmener systématiquement ses compagnons en

expédition. En dehors de cela, il se montrait fort obéissant.

Réunissant ses « jeunes guerriers » autour d'elle, Carole leur donna les consignes : chacun se choisirait une monture et lui passerait les rênes. Ils ne s'étaient évidemment pas encombrés de selles. Il leur faudrait donc monter à cru.

– Comme les Sioux ! déclara Carole.

Les gamins étaient enchantés. Elle les aida à grimper sur leurs montures et la petite troupe s'élança.

Arthur, monté par Carole, menait le troupeau. Dès qu'il se dirigea vers le ranch, le reste des bêtes lui emboîta le pas. Les trois stagiaires fermaient la marche, fiers comme de vrais guerriers indiens !

Bientôt les bêtes furent rassemblées dans le pré, à côté de la grange. Quant à Arthur, Carole le conduisit jusqu'à son enclos privé. Puis elle emmena le cheval qu'elle avait confondu avec lui rejoindre le reste du troupeau.

Épuisés, Carole et les stagiaires allaient regagner leurs baraques lorsqu'ils virent de la lumière dans la cuisine de la grande maison. Une assiette de gâteaux les attendait, accompagnée d'un mot de Jeannie : « Servez-vous. Vous pouvez faire la grasse matinée ! Merci mille fois ! »

– Eh ben ! s'exclama Sam. Je crois que, plus tard, je serai voleur de chevaux, ça vaut le coup !

Carole éclata de rire. Finalement, elle avait gagné la complicité d'une des trois punaises !

10

– Ça, c'est la vraie vie ! s'exclama Steph, enthousiaste.

Kate approuva. Les deux filles chevauchaient côte à côte à l'arrière du troupeau. Éli avait pris la tête. Douze stagiaires étaient placés sur les côtés. Grâce à Mel, aucune bête ne s'écartait. C'était merveilleux d'observer cette chienne travailler. Elle devinait à l'avance les mouvements de chaque vache, de chaque bouvillon. Elle effectuait des allers et retours incessants entre Éli et les filles, aboyant et grognant furieusement pour faire obéir les bêtes.

Soudain, trois veaux filèrent vers la gauche. Steph était responsable de ce côté du troupeau. Kate demeura en place à l'arrière tandis que son amie s'élançait. Elle siffla Mel, mais la chienne était occupée à ramener des vaches à l'avant. Steph fit alors signe à deux stagiaires, qui vinrent l'aider. Ils encerclèrent les trois vagabonds et tentèrent de les pousser vers le troupeau.

Deux bouvillons rejoignirent le groupe. Le troisième, estimant sans doute qu'il n'avait rien à voir avec ses semblables, s'enfuit plus loin.

Steph s'empara du lasso accroché à sa selle. L'appaloosa, qu'elle montait, était rapide. Il parvint à dépasser le bovin. Steph fit alors faire demi-tour à sa monture et l'immobilisa aussitôt. Surpris, le veau s'arrêta net.

Steph, curieusement inspirée, poussa alors un grand cri. Terrifié, son cheval se cabra, la désarçonnant. Elle fut projetée en l'air et atter-

rit sur les fesses, juste à côté de sa monture. Par miracle, celle-ci ne prit pas le mors aux dents. Toute cette démonstration eut pour effet de stopper définitivement le bouvillon dans son désir d'indépendance. Il rejoignit le reste du troupeau comme si de rien n'était.
Steph se releva, se frotta les fesses et se remit en selle en priant le ciel que personne n'ait remarqué sa chute. Le ciel devait être sourd, car les commentaires fusèrent aussitôt.
– Beau vol plané, Superman ! cria Ann.
– Dommage que Superman ait oublié sa cape, ajouta Dan.
– Taisez-vous, les mômes, répliqua sèchement Steph. Au moins, j'ai ramené le bouvillon dans le troupeau.
– Tu parles ! Il serait revenu tout seul, espèce de frimeuse ! laissa tomber Dan.
Steph fit de son mieux pour ignorer l'insulte.
– Hé, les enfants ! Ça va être plus dur à partir de maintenant, les informa Éli qui venait de rejoindre l'arrière du troupeau. On va monter cette côte, sur la gauche.
– Facile, dit Steph.

– Attends d'être de l'autre côté pour le dire, répliqua Éli.
Il remarqua le jean sali de la jeune fille et ne dit rien. Steph crut néanmoins apercevoir l'ombre d'un sourire sur son visage.
Le troupeau progressait régulièrement dans la montée, mais Steph observait un phénomène étrange. Chaque fois qu'un animal arrivait au sommet de la côte, il marquait un temps d'arrêt avant d'entamer la descente de l'autre versant. C'était curieux.
Elle comprit en arrivant au sommet de la colline : la pente était presque à pic ! Il y avait bien un sentier, mais il semblait semé d'embûches. Surveiller le troupeau tout en restant en selle allait être difficile.
– Ça va, la frimeuse ? demanda Dan.
Son ton était plus que méprisant.
– N'oublie pas : les épaules en arrière ! dit-il. Sinon, tu vas tomber… Une fois de plus !
Steph préféra l'ignorer.
Elle parvint en bas sans encombre avec les stagiaires. Mais une dizaine de bêtes étaient demeurées à mi-pente, paralysées par la peur.

Éli ordonna aux enfants de garder le troupeau et demanda aux deux filles de l'aider à faire descendre les animaux terrorisés.
Steph savait que les gamins auraient les yeux braqués sur elle et qu'ils ne lui laisseraient rien passer.
– En avant ! cria Éli.
Dominant sa peur, elle se mit en marche. Elle grimpa la côte avec Éli et Kate, surveillant les bêtes du coin de l'œil.
Chaque animal égaré posa une difficulté particulière. L'un avait le sabot coincé sous une pierre, et il fallait le tirer en évitant de déséquilibrer l'animal pour ne pas être écrasé ou recevoir un coup de patte.
Deux autres bêtes, pelotonnées derrière un arbre, regardaient le précipice avec des yeux pleins d'effroi. À force d'aboyer furieusement, Mel parvint à les convaincre d'entamer la descente.
Steph se tourna vers une vache et son veau. Ces deux-là n'auraient pas posé de problème si le veau n'avait décidé de déjeuner. Il finit tranquillement sa tétée sous les yeux exaspé-

rés de Steph, puis il se mit en marche sans aucune résistance.
Une fois les bêtes réunies et l'infernale descente oubliée, la petite troupe s'arrêta pour monter le camp. Steph fut chargée d'allumer un feu. Ce fut son dernier échec de la journée. Après avoir ramassé et disposé le bois, elle craqua allumette sur allumette ; rien à faire, le feu ne prenait pas. Ann la regardait sans rien dire, l'œil moqueur. Finalement, la fillette repoussa Steph, réarrangea le papier et le bois et, à l'aide d'une seule allumette, elle alluma un feu qui bientôt commença à crépiter.
Lorsque vint le moment tant attendu de rôtir des shamallows, Kate et Steph s'éloignèrent discrètement. Elles avaient grand besoin d'un peu de repos et de solitude.

11

Dans la pénombre, Steph jeta un coup d'œil sur les enfants assoupis dans leurs sacs de couchage autour d'elle.

Elle se glissa silencieusement hors de la tente : l'endroit était grandiose. Éli avait installé le campement dans une vallée entourée de massifs montagneux. Leurs sommets couverts de neige scintillaient dans la lueur bleu-rose de l'aurore. Steph se demanda comment cette beauté avait pu lui échapper, puis elle se sou-

vint des événements de la veille : difficile d'admirer le paysage en poussant un troupeau sur une pente à pic !
Elle s'étira paresseusement, s'habilla et vint rejoindre Éli pour l'aider à préparer le petit déjeuner.
– Tiens, dit-il, je te laisse allumer le feu. Moi, je vais faire lever les enfants. Comme ça, on pourra repartir de bonne heure.
Steph déposa les brindilles, le papier et les bouts de bois comme elle l'avait vu faire et approcha une allumette. Le papier s'enflamma, puis s'éteignit.
La journée commençait mal. Elle allait renouveler l'opération quand Éli la rejoignit :
– Laisse-moi faire, dit-il. Va plutôt aider Kate à préparer les chevaux. Mais faites attention, les bêtes sont nerveuses ce matin. Il doit y avoir un coyote dans le coin. Essayez de les calmer.

Les deux filles se dirigèrent vers l'enclos de fortune dans lequel les chevaux avaient été parqués pour la nuit.

Un peu plus loin, le troupeau de vaches trépignait et mugissait.
Les chevaux étaient énervés. Certains avaient les oreilles couchées en arrière, signe de peur, et leurs yeux étaient si écarquillés qu'on en voyait le blanc.
– Qu'est-ce qui leur arrive ? demanda Steph.
– C'est à cause du coyote, dit Kate. Quand un cheval s'énerve, ça gagne tout le groupe. Le seul moyen de les rassurer, c'est de nous montrer calmes et détendues.
– C'est sûr. Mais comment faire ? Oh, je sais !
Steph pénétra brusquement dans l'enclos en chantant à tue-tête. Apparemment, la chanson n'appartenait pas au répertoire favori des chevaux. L'une des bêtes se mit à ruer, une autre se cabra, heurtant une troisième, qui mordit la première. À présent, tous les chevaux avaient les oreilles couchées et hennissaient furieusement. Deux d'entre eux se cabrèrent et prirent la fuite par la porte grande ouverte. Puis tout se passa très vite. Les deux filles virent une douzaine de chevaux s'élancer. Ils couraient droit sur le bétail !

Le troupeau de vaches n'attendait que cette occasion pour s'enfuir. En quelques secondes, Steph et Kate se retrouvèrent dépassées par les événements.
– Éli ! hurla Steph, aussi affolée que les bêtes.
Celui-ci accourait déjà. Quand il arriva, chevaux et vaches galopaient à perdre haleine dans la vallée. Il n'y avait pas une seconde à perdre.
– Steph ! Mets les enfants à l'abri. Kate, viens avec moi.
Steph revint au campement. Par chance, les bêtes couraient dans la direction opposée. Elle n'eut pas besoin de réveiller les enfants. Le vacarme des sabots l'avait déjà fait à sa place.
– Enfilez vos bottes aussi vite que possible, ordonna-t-elle, et suivez-moi.
Ann sortit de la tente.
– Tu m'aides à me coiffer ? dit-elle.
– Plus tard, répondit Steph fermement. Pour le moment, nous devons filer.
Ann protesta. Steph comprit que la fillette se réfugiait dans la coquetterie pour ne pas céder à la panique.

– Allez, viens, dit Steph. On s'occupera de tes cheveux dès qu'on sera à l'abri.
C'était tout ce dont Ann avait besoin. Elle sortit de la tente quelques secondes plus tard avec son peigne. Steph s'adressa mentalement un compliment pour avoir su s'y prendre.
– Par ici, dit Steph en désignant une colline toute proche.
Même paniquées, les bêtes ne monteraient pas là. D'autant plus qu'à mi-pente s'élevaient deux gros rochers sur lesquels les enfants pourraient se réfugier au cas où un bouvillon furieux les poursuivrait.
– Concours d'escalade ! cria Steph pour détendre l'atmosphère. Le premier arrivé en haut a gagné !
Personne n'était dupe, mais les enfants entrèrent dans le jeu. Ça les rassurait.
– Et le dernier aura un gage ! renchérit Dan en s'élançant sur le rocher.
Ils atteignirent tous le sommet sans encombre. Steph avait eu l'idée de constituer une chaîne, ainsi les plus grands aidèrent les plus petits. Les enfants étaient si fiers d'avoir escaladé

les rochers qu'ils en oublièrent de noter qui était arrivé en dernier. C'était Steph, bien sûr.
– Bon, dit-elle, je vais redescendre donner un coup de main à Éli et à Kate. Je reviendrai vous chercher. Ne bougez pas de là.
– Tu seras prudente, hein ? s'inquiéta Dan.
Steph fut touchée. C'était la première parole gentille que la punaise numéro un lui disait ! Elle dévala le rocher et rejoignit la vallée. Au début, il lui fut difficile de comprendre quoi que ce soit dans ce chaos et ce vacarme. Puis elle parvint à stopper un jeune cheval, qui sembla soulagé. Comme les enfants, il avait besoin d'autorité. Steph agrippa sa crinière et se hissa sur son dos. Les oreilles de la bête remuèrent pour manifester son contentement. Ils partirent au galop vers l'endroit où Éli et Kate, aidés de Mel, essayaient de maîtriser les animaux en folie.
– Comment vont les enfants ? demanda Éli en apercevant Steph.
– Tout va bien. Et les bêtes ?
– Elles sont fatiguées, dit Éli. Elles vont se calmer.

– Ça n'arrivera plus, Éli, dit Steph, penaude. Tout ça, c'est ma faute. J'ai tout déclenché en chantant dans l'enclos.
– Ne t'en fais pas, ma grande, rassura Éli. Je t'ai entendue. Je ne pense pas qu'on t'engage à l'opéra, mais ce n'est pas toi qui as affolé les chevaux. C'est le hurlement d'un coyote qui a provoqué leur panique.
– Tu en es sûr ?
Il n'eut pas le temps de répondre. Les bêtes revenaient à la charge. Cette fois-ci, elles fonçaient droit sur le campement.
– Écartez-vous ! cria Kate.
Mel, vexée de ne pas être obéie, aboyait furieusement. Elle essayait de mordre quelque patte au passage. Brusquement, elle disparut, engloutie par le troupeau, sous les yeux horrifiés d'Éli, de Kate et de Steph. Les aboiements avaient cessé.
– Mel ! hurla Éli.
Kate s'était caché le visage dans les mains. Steph sentit les larmes lui monter aux yeux.
– Oh non ! gémit-elle.
Le troupeau traversa la vallée dans un vacarme

étourdissant. Il s'approcha du campement. Tout à coup, il obliqua vers la gauche, démolissant une tente. Puis les bêtes dépassèrent les trois cavaliers et s'éloignèrent. On ne voyait pas la moindre trace de Mel.
Tout à coup, aussi soudainement qu'il s'était mis à courir, le troupeau affolé s'arrêta. Les bêtes se regardaient les unes les autres, comme étonnées. Les chevaux se séparèrent d'eux-mêmes du troupeau de vaches. Quelques bouvillons commencèrent à brouter, d'autres reniflèrent l'air avec curiosité avant de se diriger vers un ruisseau pour y boire à longues gorgées.
– C'est fini ? demanda Kate, étonnée de ce revirement inattendu.
– On dirait, répondit Éli.
Ses yeux cherchaient Mel. Où pouvait-elle être ? Avait-elle été piétinée ?
À cet instant, on entendit un aboiement. La petite chienne jaillit hors du troupeau de vaches, tournoya sur elle-même et aboya encore. Les bêtes la regardaient, les yeux vides, l'air de se demander le pourquoi de cette agitation.

Fière d'avoir rempli son rôle, Mel trottina vers son maître et leva les yeux vers lui pour quémander son approbation.
Tout ému, Éli descendit de sa monture et, sans un mot, serra sa chienne dans ses bras. Kate rassembla les chevaux et les conduisit dans l'enclos dont elle ferma soigneusement la barrière.
Steph partit chercher les enfants. Ils l'attendaient sagement en jouant aux devinettes. Elle ressentit une immense fierté. Cette fois, elle avait su faire ce qu'il fallait !
La journée était bien entamée, et il ne restait plus que douze heures de route avant de parvenir à destination de l'autre côté des collines. Ils étaient attendus pour le lendemain soir ; Éli décida donc que tout le monde allait se reposer.
Steph proposa une baignade dans le ruisseau. Les enfants partirent aussitôt chercher leurs maillots de bain pendant que Steph et Kate enfilaient les leurs. Avant de rejoindre les enfants, elles passèrent voir Éli, assis devant sa tente, pour avoir des nouvelles de Mel.

La chienne était couchée sur le côté, les yeux fermés. De temps en temps, sa gueule se contractait.
– Elle est blessée ? demanda Steph.
– Je ne crois pas ; j'ai vérifié, elle n'a aucune blessure. Elle a seulement besoin de récupérer. Regardez-la ! Même en rêve, elle aboie après les vaches !
Il caressa avec tendresse la petite bête endormie. Elle s'était conduite héroïquement face aux bêtes terrifiées.
– Allez vous baigner, dit Éli. Après nous dînerons. Je reste ici avec Mel.
La baignade dans le ruisseau fut merveilleuse et le dîner délicieux. Puis Steph s'installa dehors, dans son sac de couchage, pour regarder les étoiles. Avant de sombrer dans le sommeil, elle se demanda si, comme Mel, elle allait rêver de bétail en fuite.

12

Carole tâta la poche arrière de son jean pour s'assurer que la lettre était toujours là. Celle-là, Lisa l'avait postée d'Italie. Carole aurait aimé l'ouvrir pour la lire tout de suite, mais elle pensait que ce serait plus gentil d'attendre le retour de Kate et de Steph, quand le Club du Grand Galop serait enfin réuni. Ça ne tarderait plus maintenant.

Une fois Arthur isolé dans son pré, la vie avait été calme au ranch. Sam, Philip et Jack, les

trois enfants, s'étaient montrés relativement coopératifs depuis le « vol » de chevaux. Carole avait profité de cet avantage pour leur enseigner la monte classique. Au début, ils n'avaient pas caché leur réticence à l'idée d'apprendre une « équitation de lavettes ». Mais, lorsque Carole leur eut fait une démonstration de tout ce dont une lavette était capable sur une selle anglaise, ils montrèrent un peu plus de respect pour l'art équestre et le saut d'obstacles.
Ils attendaient le retour du convoi d'un moment à l'autre. Carole allait enfin revoir ses amies.
Elle était en train d'arracher les mauvaises herbes quand elle aperçut la petite troupe, précédée par Mel. Les cavaliers étaient sales, épuisés et couverts de poussière.
– Une douche ! Une douche, vite ! cria Steph en mettant pied à terre.
– Moi la première ! protesta Kate.
Bien sûr, elles auraient dû s'occuper d'abord des chevaux. Mais ce n'était pas un jour ordinaire. Carole appela Sam, Philip et Jack et leur demanda de prendre soin des bêtes. Elle envoya les autres enfants se laver et se repo-

ser. Jeannie annonça que le dîner serait prêt dans une heure. Carole proposa à ses amies de réunir le Club du Grand Galop dès que possible. Puis elle partit panser les chevaux avec les trois stagiaires. Ils les brossèrent longuement avant de les laisser s'ébattre dans le pré en compagnie du reste du troupeau. Les bêtes semblaient apprécier ces retrouvailles.

Carole rejoignit Jeannie pour finir de préparer le dîner. Pendant le repas, tout le monde se mit à raconter l'expédition à ceux qui étaient restés. Quand ils terminèrent leur récit, il était grand temps d'aller se coucher.

Les filles se retirèrent dans leur baraque.

– J'ai une surprise pour vous, dit alors Carole avec un air mystérieux.

– Une bonne nouvelle, j'espère, dit Steph, parce que j'ai eu ma dose de problèmes, ces jours-ci !

Carole sortit de sa poche la lettre de Lisa.

– Alors, qu'est-ce qu'elle raconte ? demanda Steph en reconnaissant l'écriture de son amie.

– Je ne sais pas. Celle-là, je ne l'ai pas encore lue.

– Celle-là ? Tu en as reçu une autre ?
– Oui, une lettre d'Angleterre. Je voulais vous attendre pour la lire, mais Jeannie m'a fait remarquer que je méritais bien une petite récompense ! Vous la lirez tout à l'heure. Vous verrez, Lisa a fait honneur au Club du Grand Galop !
– Oh, d'accord ! Mais ouvre vite celle-là, qu'on la découvre ensemble !
Carole déplia plusieurs feuillets et commença sa lecture.

« Club du Grand Galop, salut !

Aujourd'hui, je vous écris d'Italie où nous sommes arrivés hier. La Toscane est pleine de petites collines avec des villages adorables sur les pentes. Les maisons sont anciennes, avec des toits recouverts de tuiles orange.
Il m'est encore arrivé une chose extraordinaire. Vraiment, les filles, vous ne voudrez jamais me croire !
Mais commençons par le commencement.
Après le déjeuner, papa est allé téléphoner à

notre hôtel, pour confirmer la réservation et maman l'a accompagné. J'ai alors fait la connaissance d'une femme qui était assise à la table voisine dans le restaurant. J'avais épinglé mon pin's du Pin creux, et elle l'a remarqué. Elle connaissait quelques mots d'anglais et m'a dit qu'il y aurait un spectacle équestre dans la ville où nous devions passer la nuit. Un spectacle équestre ! C'était super ! Mais la suite est encore mieux.
Quand mes parents sont revenus, ils étaient furieux. Nos réservations avaient été annulées, l'hôtel était complet à cause du spectacle. Les employés de la réception ont plus ou moins promis à mes parents de faire tout leur possible pour nous trouver un endroit où passer la nuit. Mes parents étaient dans tous leurs états. Moi, j'étais sûre que tout s'arrangerait. J'ai l'impression que chaque fois qu'on parle de chevaux, il se produit un miracle. Vous voyez ce que je veux dire ? »

Steph éclata de rire. Oui, elle voyait très bien !
Carole reprit sa lecture :

« Pendant que mes parents faisaient le siège de la réception en attendant qu'on nous trouve une chambre, j'ai fait un tour dans les rues alentour et, tout à fait par hasard, je suis tombée sur le spectacle !
Il se passait en plein air, dans une sorte de grand parc. Il y avait quatre manèges. J'ai d'abord regardé une démonstration de dressage dans le manège principal. Puis j'ai assisté aux éliminatoires d'un concours de saut d'obstacles. C'était génial.
Il y avait ensuite une compétition junior. L'un des cavaliers était nettement au-dessus des autres concurrents. Quand il s'est arrêté pour attendre le verdict du jury, je n'en ai pas cru mes yeux : j'avais devant moi Enrico en personne. Vous vous souvenez de lui ? »

– Enrico ? Notre Enrico ? demanda Steph.
– Ça ne peut être que lui, dit Carole.
– C'est incroyable ! s'écria Steph.
Enrico était venu faire un stage au Pin creux. Sur plusieurs millions d'Italiens, il avait fallu

que Lisa tombe sur lui ! Quelle coïncidence !

« Quand il m'a aperçue, il m'a fait signe de ne pas bouger le temps qu'il connaisse ses résultats. Comme je m'y attendais, il a gagné la meilleure décoration : le ruban bleu ! On était vraiment contents de se revoir. Il voulait tout savoir : ce que je faisais là, ce que devenait le Club du Grand Galop... Je n'arrivais pas à répondre à toutes ses questions. Quand je lui ai parlé de nos problèmes de chambres d'hôtel, il a eu ce sourire charmeur que vous connaissez. Il a dit : “Pas question d'aller à l'hôtel. Tu vas venir chez moi avec tes parents !”
Je ne vais pas vous raconter tous les détails – j'aurai des mois et des mois pour le faire à mon retour –, mais je vais juste vous dire ceci : pour écrire, je suis attablée à un secrétaire italien du XVIIIe siècle dans la villa de la famille d'Enrico. Ce n'est pas une maison qu'il habite, non, c'est une magnifique villa aussi grande qu'un château.
Quant au spectacle équestre, il n'avait pas lieu

dans un jardin public, mais dans la propriété de sa famille !
Dire que c'est bientôt la fin des vacances ! Quand je me souviens de la tristesse que j'éprouvais avant de partir ! C'est incroyable, j'ai adoré ce voyage ! Mais j'ai hâte de vous revoir et de vous entendre raconter vos aventures au ranch. N'oubliez pas de tenir votre journal !
Je vous embrasse.

Lisa »

Steph regarda Carole :
– Tu as tout bien noté, dans ton journal ?
– C'est que... ces jours-ci, je n'ai pas eu beaucoup de temps, et...
– Ce n'est pas grave, commenta Steph. Elle finira par tout savoir, de toute façon.
– Comment ça ? s'étonna Kate.
– Parce qu'on va tout lui raconter ! s'exclama Carole.

13

La dernière semaine du séjour se déroula sans catastrophes. La vie au ranch était presque devenue une routine pour les filles. Mais il leur en avait fallu du temps pour en arriver là !

Le dernier soir au dîner, alors qu'elles goûtaient pour la dernière fois le ragoût du chef, spécialité d'Éli, celui-ci annonça qu'il y aurait un feu de camp spécial à neuf heures. Cha-

cun devait apporter son sac de couchage pour ne pas attraper froid.
Le dîner fini et la vaisselle faite, les filles rejoignirent les enfants autour du feu.
Les flammes dansaient joyeusement sur un fond de ciel étoilé. Jeannie fit circuler shamallows, biscuits et carrés de chocolat.
Éli était resté debout. Il s'éclaircit la gorge pour attirer l'attention des enfants. Il leur dit combien lui et Jeannie avaient apprécié ces semaines et combien il espérait que tous voudraient revenir l'an prochain.
« Nous, il ne nous regrettera pas », pensait Steph amèrement.
– Tout n'a pas marché parfaitement au début, continua Éli.
« *Rien* n'a marché au début », commentait Steph.
– Mais finalement tout s'est arrangé, et nous avons passé de bons moments.
« Sans le Club du Grand Galop, pensait Steph, ça se serait encore mieux passé ! »
– Je veux tous vous remercier d'avoir participé à ce premier stage au ranch de Haute-

Vallée. Je veux surtout remercier trois d'entre vous, qui se sont montrés indispensables sans toujours le savoir...

« Il veut sûrement parler des trois punaises. Ces insupportables gamins étaient plus débrouillards que nous », songeait Steph.

– Vous l'avez deviné, je parle de Kate, Carole et Steph...

– Bravo ! s'écrièrent les enfants en applaudissant à tout rompre.

– C'est vrai, ça, déclara Dan. Sans vous, ça n'aurait pas été la même chose...

– Le bétail ne se serait pas enfui, c'est ça ? demanda Steph exprimant ses pensées à haute voix.

Éli éclata de rire :

– Peut-être. Mais personne n'a été blessé, et les stagiaires me racontent encore comment tu les as fait grimper sur le rocher en organisant un concours d'escalade ! Au bout du compte, nous avons mené le troupeau là où il fallait à temps !

Les filles n'en croyaient pas leurs oreilles. Elles qui étaient persuadées d'avoir déçu Éli et Jeannie, voilà qu'elles étaient félicitées ! C'était le monde à l'envers !

– Quelques bêtises ont bien été commises, ajouta Éli, mais tout s'est arrangé, et c'est la seule chose qui compte.

Éli tendit alors sa guitare à Jeannie. Elle commença à gratter les cordes et toute l'assemblée se mit à chanter joyeusement. Les accords et les voix se joignirent sous le ciel étoilé, emplissant la nuit de musique.

Un bourdonnement lointain mit fin à cette magie. Kate sourit : elle avait reconnu l'avion de son père. Franck Devine avait trouvé une aire d'atterrissage non loin de là et il venait les chercher, elle et ses amies, pour les emmener le lendemain, tôt dans la matinée.

14

– Lisa ! cria Steph dès qu'elle aperçut son amie remontant le chemin qui conduisait au Pin creux. Carole, viens vite ! Lisa est revenue ! Super !

Les trois filles se jetèrent dans les bras les unes des autres. Elles ne s'étaient pas vues depuis quatre semaines. Une éternité !

– Il faut que le Club se réunisse, dit aussitôt Lisa. Mais d'abord, le cheval ! Ça fait un mois que je n'ai pas monté !

– Et ce petit tour à Windsor ? plaisanta Steph.
– Ah oui ! Et j'ai fait aussi une promenade avec Enrico. Mais ce n'est rien par rapport à vous. Allons au ruisseau ! Les filles, je sens que cette balade va être géniale !
Les trois amies sellèrent leurs montures et obtinrent la permission de se promener.
Le soleil les écrasait de ses rayons. Des gouttes de sueur perlaient sur leur front, sous les bombes d'équitation. La puissante odeur des chevaux emplissait l'air. C'était le bonheur !
Quand elles atteignirent le bois, elles firent ralentir leurs montures, qui passèrent au pas. Les filles en profitèrent pour bavarder.
– Cette rencontre avec Enrico, c'était une coïncidence incroyable, dit Steph.
– C'était génial. Son père et sa mère sont adorables. Et si vous aviez vu leur villa ! Ils ont promis de venir nous voir. Mes parents ont fait une drôle de tête : ils ont peur de paraître ridicules dans notre petit quatre-pièces ! Mais d'abord, racontez-moi ! Le ranch, c'était comment ? Génial, bien sûr ?
Carole et Steph se regardèrent. Était-ce réel-

lement génial ? Cela avait été dur, épuisant, éprouvant. Les stagiaires leur en avaient fait voir de toutes les couleurs. S'accoutumer au ranch avait été difficile. Alors, génial ?

– Oui, en quelque sorte, finit par répondre Steph.

– Je crois qu'on peut dire ça, oui, ajouta Carole.

Lisa regarda ses amies, interloquée :

– Eh, les filles, si vous m'en disiez un peu plus ?

Carole avoua tout de suite :

– Je n'ai presque rien écrit dans le journal. Je n'ai pas eu le temps. On va tout te raconter, Steph et moi.

– Tout ? grimaça Steph qui ne tenait pas à se rappeler ses maladresses.

– Tout, insista Carole. Et je sais où on va s'installer pour être tranquilles.

Elle descendit de cheval. Elles étaient arrivées au bord du ruisseau où elles avaient l'habitude de se réunir. Aujourd'hui, le temps s'y prêtait admirablement.

Les filles laissèrent leurs montures sous les arbres. Elles retirèrent leurs bottes et grimpèrent jusqu'à un rocher plat qui dominait le cours d'eau.

– Jamais je ne me suis sentie si bien ! déclara Carole.

– Ce n'est pas aussi chouette que la baignade après la fuite du bétail, remarqua Steph.

– La fuite du bétail ? s'écria Lisa. Racontez, vite !

Carole et Steph parlèrent, parlèrent, se coupant la parole, rajoutant des détails. Lisa riait, s'étonnait, s'effrayait. Quand le long récit fut terminé, elle s'écria :

– Ah, les filles, vous êtes géniales, comme d'habitude ! Et dire que vous avez apprivoisé les trois punaises ! Et toi, Carole, tu as même enseigné le saut d'obstacles à ce morveux de Sam !

– Ça oui, dit Carole avec fierté. Il ne voulait pas admettre qu'il adorait ça. Je suis sûre qu'il est devenu accro.

– Et toi, Steph, tu as eu tellement de sang-froid quand le troupeau s'est emballé ! Vraiment, Éli avait de la chance de vous avoir !

– Ça n'a pas été facile, crois-moi, dit Carole.

Quand nous sommes parties, nous étions trop sûres de nous. Mais nous avons appris beaucoup de choses.

– C'est dur, quelquefois, d'être loin de chez soi, observa Steph.

– C'est bien vrai, renchérit Carole.

– Vous ne pouvez pas savoir ce que Willow Creek et le Pin creux m'ont manqué, déclara Lisa. Mais ce qui m'a le plus manqué, c'est vous.

– Bon, eh bien, on s'est retrouvées, non ? déclara Steph avec un grand sourire.

Elle donna un coup de pied dans l'eau pour asperger ses amies. Carole et Lisa éclatèrent de rire et entrèrent aussitôt dans le jeu.

Les membres du Club du Grand Galop s'étaient enfin retrouvés.

FIN

601. Les trois font la paire
602. Il faut sauver le club !
603. Une Étoile pour le club
604. En vacances au ranch
605. Tricheries au club !
606. Pour l'amour d'un cheval
607. Un cheval pour pleurer
608. Une naissance au club
609. Coups de cœur au club
610. Aventures au Far West
611. Un concours à New York
612. Le club prend des risques
613. Un poulain en danger
614. Rodéo pour le club
615. Au galop sur la plage
616. Une sacrée équipe !
617. Kidnapping au club
618. Une randonnée très périlleuse
619. Une star au Pin creux
620. Un si lourd secret
621. Panique au Pin creux
622. Un défi pour le club
623. Des vacances mouvementées
624. Lune de miel au Pin creux
625. Anniversaire au club
626. Une amitié à toute épreuve
627. Une escapade orageuse
628. Une fiancée pour Max !
629. Une leçon d'amitié
630. Coup de théâtre au Pin creux
631. Une étrange maladie
632. Secret de famille
633. Un cadeau inespéré
634. Sabotage au Pin creux
635. Des cavaliers en détresse
636. Une parade pour Sam
637. Randonnée sous les étoiles
638. Mariage au Pin creux
639. Au revoir, Tornade
640. Un cheval pour Mélodie
641. Un poulain insoumis
642. Une cavalière pas comme les autres
643. Une semaine de folie
644. Le Club fait son cinéma
645. Une bêtise de trop

646. Lisa se rebelle
647. Une cousine trop parfaite
648. Le Club s'affole
649. Une rivale au Pin creux
650. En route pour le camp !
651. Menace sur le camp
652. L'accident de Max
653. Chantage à l'hippodrome
654. Le club sur les ondes
655. Nuit d'angoisse à l'écurie
656. Un invité au Club
657. Une jument trop sauvage
658. En voyage à New York
659. Lisa en danger !
660. Le Club mène la danse
661. Intrigues au Pin Creux
662. Le Club prend sa revanche
663. En route vers l'Ouest
664. Un pari dangereux
665. Un voleur au club
666. Un cheval capricieux
667. Le choix de Carole
668. Un futur champion
669. L'exploit de Lisa
670. Une amazone au Pin creux
671. La bonne étoile de Carole
672. Un duo de choc
673. Mission à Hollywood
674. Un cheval de prix
675. Un cavalier pour Lisa
676. Une princesse au Pin Creux
677. Sabots dans la nuit
678. Un cavalier hors pair
679. Carole à l'épreuve
680. Balade à haut risque
681. Lisa et le cheval abandonné

Hors-série
Passion cheval

Impression réalisée sur CAMERON par

BRODARD & TAUPIN

GROUPE CPI

La Flèche
en mars 2006

Imprimé en France
N° d'impression : 34518